L'AUBERGE

DU

GRAND FRÉDÉRIC.

L'AUBERGE

DU

GRAND FRÉDÉRIC,

COMÉDIE VAUDEVILLE,

EN UN ACTE,

DE MM. LAFONTAINE ET LÉON;

Représentée, pour la première fois, sur le Théâtre des Variétés, le 6 Juin 1821.

PRIX : 1 fr. 50 cent.

A PARIS,

Chez Madame HUET, Libraire-Éditeur, au Grand Magasin de Pièces de Théâtre anciennes et modernes, rue de Rohan, nº. 21, au coin de celle de Rivoli, près le Palais-Royal.

Et chez BARBA, Libraire, Palais Royal.

De l'Imprimerie d'ÉVERAT, rue du Cadran, nº. 16.

1821.

PERSONNAGES.	ACTEURS.

FRÉDÉRIC II, Roi de Prusse. . . . . . M. Bosquier.

VOLTAIRE. . . . . M. Lepeintre aîné.

LE CONSEILLER RAMBONNET, Directeur-général des Postes. . . . . . . M. Blondin.

FARCEMANN, Bourguemestre. . . . . . M. Brunet.

TRIM, Aubergiste. . . . . M. Lefèbvre.

JEANNETTE, sa Fille. . . . . Mlle. Chalboz.

FRANTZ, Fermier, son Amant. . . . . M. Arnal.

CLOPIN, Domestique du Bourguemestre. M. Georges.

Deux Officiers de la suite du Roi.

Villageois, Villageoises.

Garçons et Filles d'auberge.

Quatre Soldats.

*La scène se passe dans l'auberge de Trim, à Meuse,
petit village sur la route de Paris à Berlin.*

L'AUBERGE

DU

GRAND FRÉDÉRIC,

COMÉDIE-VAUDEVILLE.

Le Théâtre représente une salle d'auberge : à droite de l'acteur une fenêtre donnant sur le jardin ; une porte dans le fond ; une table de chaque côté de la scène.

SCÈNE I.

LE CONSEILLER RAMBONNET, *appelant.*

Trim ! Trim !

TRIM, *en dehors.*

On y va ! on y va !

LE CONSEILLER.

Il sera content du sujet qui m'amène... mais je ne sais que penser de cette lettre du Grand-Maréchal du Palais.

(*Il lit.*)

« Le Conseiller Rambonnet, directeur-général des Postes
» du Royaume, fera tenir des relais toujours prêts sur toute
» la route du village de Meuse à Berlin, et retiendra la meil-
» leure auberge pour sa Majesté, qui s'y rendra dans le plus
» profond incognito. »

Serait-ce pour voir plutôt ce M. de Voltaire qu'on attend de Paris ? faire tant d'honneur à un poète, tandis que moi, Conseiller des Postes... c'est égal... exécutons les ordres que j'ai reçus. L'auberge de Trim est bonne... d'ailleurs, c'est un vieux soldat, un honnête homme ; il mérite cette faveur. Mais

que diable fait-il donc ? (*Appelant.*) Trim ! Trim ! Jeannette !

SCÈNE II.

LE CONSEILLER, TRIM, JEANNETTE.

TRIM

Comment ! c'est vous, M. le Conseiller ! pardon de vous
avoir fait attendre. (*A sa fille.*) Pourquoi ne pas venir, Mademoiselle, quand on appelle ?

JEANNETTE.

Mon père, je croyais que c'était un voyageur.

TRIM.

Et moi aussi. Mais qui peut me procurer le plaisir de vous
voir ? il y a long-temps que vous n'avez passé par ici.

LE CONSEILLER.

C'est vrai ; mais ce n'est pas ce dont il s'agit : avez-vous
beaucoup de voyageurs en ce moment ?

TRIM.

Pas un, M. le Conseiller.

JEANNETTE.

Mon père, vous oubliez ce Monsieur qui vient des eaux et
qui part demain pour Berlin.

TRIM.

Eh bien, puisqu'il part, c'est une preuve que nous n'avons
personne.

LE CONSEILLER, *mystérieusement.*

Réjouissez-vous, mes amis, vous allez recevoir du monde
ce soir et je vous retiens votre auberge pour un grand Seigneur
et sa suite, qui veut s'arrêter à Meuse.

TRIM.

Un grand Seigneur ! je gage que c'est le prince Royal.

JEANNETTE.

Ou plutôt le premier Ministre.

LE CONSEILLER.

Ne vous perdez pas en conjectures ; ce Seigneur ne veut pas

être connu. Comme j'étais chargé de choisir la meilleure auberge du village, Trim, je t'ai donné la préférence.

TRIM.

Je vous suis bien reconnaissant, M. le Conseiller, il n'y a que la mienne. Mais je fais une réflexion... et ma fille que je fiance aujourd'hui.

LE CONSEILLER.

Eh bien, tu reculeras ce mariage d'un jour.

JEANNETTE.

Oh ! ça ne presse pas.

LE CONSEILLER.

Ah ! ah ! il paraît que ta fille...

TRIM.

Ma fille ne sait ce qu'elle dit, c'est une petite sotte... ce mariage presse beaucoup au contraire ; et puisque le Seigneur que vous attendez n'arrive que ce soir, je vais faire la nôce ce matin.

JEANNETTE.

Comment, mon père !...

TRIM.

Taisez-vous, Mademoiselle. (*Au Conseiller.*) A propos, M. le Conseiller, dites-donc, est-il vrai qu'on attend de Paris un nommé M. de Votaire ?

LE CONSEILLER, *avec chagrin.*

Cela n'est que trop vrai.

TRIM.

Est-ce que vous en seriez fâché ?

LE CONSEILLER.

Non, je ne dis pas cela ; mais je vois avec peine la préférence que le Roi accorde sur nous à tous les étrangers... Enfin, n'a-t-il pas fait venir à grands frais, dans son jardin botanique, des plantes, des académiciens et des animaux de France, comme s'il n'y en avait point à Berlin.

JEANNETTE.

C'est vrai, il a eu tort.

LE CONSEILLER, *à Trim.*

Ah ça, il se fait tard, je te quitte pour aller faire préparer
les relais. Je compte sur toi.

Air *de la Treille de sincérité.*

Intelligence
Et vigilance,
Songe donc pour toi, quel honneur !
Tu vas loger un grand Seigneur !

Ensemble.

Intelligence
Et vigilance,
En ce jour, pour nous, quel honneur !
Nous logerons un grand Seigneur !

(*Le Conseiller sort.*)

SCÈNE III.

TRIM, JEANNETTE.

JEANNETTE.

Est-ce que vous songez sérieusement, mon père, à me faire
épouser M. Farcemann ?

TRIM.

Certainement : j'ai de l'ambition, moi ! et je veux un gendre
qui ait été ou qui soit quelque chose dans l'état ; et votre
Frantz n'est que le fils d'un fermier.

JEANNETTE.

Mais, M. Farcemann, mon père, n'est que Bourguemestre.

TRIM.

Eh bien, Mademoiselle, n'est-ce pas une charge honora-
ble ! n'est pas Bourguemestre qui veut... Songez donc qu'il a
la confiance du Roi, du Grand-Frédéric ; et ce n'est pas peu
de chose.

JEANNETTE.

Oui, mon père ; mais M. Farcemann est détesté dans ce
canton ; on dit même qu'autrefois, étant soldat, il a déserté
ses drapeaux.

TRIM.

Eh bien , quel mal y a-t-il ? moi aussi , j'aurais déserté si j'avais pu ; mais c'est le Roi lui-même qui m'en a empêché.

JEANNETTE.

Comment cela ?

TRIM.

Sans doute : depuis dix ans j'étais caporal par intérim , et ma foi, j'avais assez de la guerre comme cela, et après une défaite, je songeais à m'enfuir , lorsque Frédéric me fit venir et me dit d'un air sévère, on prétend que tu veux déserter , Trim ? à ces mots j'étais confondu... alors , le Roi ajouta.

Air *du Verre.*

Faut-il , parce qu'on est battu ,
Quitter le sentier de la gloire ?
A ceux qui m'ont hier vaincu ,
Demain, j'arrache la victoire.
Jusqu'à demain reste avec moi ;
Et qu'à son tour l'ennemi tremble !
Mais s'il me bat encor , ma foi,
Trim , nous déserterons ensemble.

JEANNETTE.

Et vous êtes resté ?

TRIM.

Je ne pouvais guère faire autrement ; aussi pour me récompenser , après la campagne , j'ai obtenu une bonne pension de retraite et me voilà , grâce à Dieu , aubergiste pour le reste de mes jours.

JEANNETTE.

C'est égal , mon père , je n'épouserai jamais M. Farcemann.

Air : *Vaud. de l'Écu de Six Francs.*

Frantz a pour moi de la tendresse.

TRIM.

Mais, ma chère , il n'a rien de plus :
Comme toi , j'aime la jeunesse ;
Mais j'aime encor plus les écus.

JEANNETTE.

Moi, je connais tout son mérite...

TRIM.

L'argent suffit pour être heureux ;
Car l'amour, avec tous ses feux,
Ne fait pas bouillir la marmite.

Allons, je vais tout hâter pour ce mariage et pour recevoir
ce Seigneur. C'est de l'or qui nous arrive.

SCÈNE IV.

JEANNETTE, *seule.*

Ah ! mon Dieu ! mon Dieu ! qu'est-ce que tout cela va de-
venir.

Air : *Faut l'oublier.* (De Romagnezi.)

De Frantz, en vain, l'on me sépare ;
Il a trop bien su me charmer :
Hélas ! devrait-on me blâmer
D'être fidèle ?... c'est si rare !
De me plaire il se fait la loi ;
Je l'aimerai toute ma vie :
Oui, je lui garderai ma foi...
Et plus on veut que je l'oublie,
Et plus j'y songe malgré moi.

SCÈNE V.

JEANNETTE, FRANTZ.

FRANTZ.

Ah ! ma chère Jeannette ! j'ai une bonne nouvelle à t'apprendre.

JEANNETTE.

Qu'est-ce que c'est ?

FRANTZ.

Tu sais bien ce Monsieur qui revient des eaux, qui loge
chez vous depuis hier ?

JEANNETTE.

Oui.

FRANTZ.

Eh bien ! je crois que c'est un grand personnage, qui court
le monde incognito ; et comme ton père l'estime beaucoup, à
cause de la dépense qu'il fait chez lui, je lui ai confié notre
amour, et il m'a promis de parler en notre faveur.

JEANNETTE.

Serait-il possible ?

FRANTZ.

C'est comme je te le dis.

JEANNETTE.

Je ne m'étonne plus maintenant, s'il m'a fait tant de com-
plimens.

FRANTZ.

Tu as donc causé avec lui ?

JEANNETTE.

Certainement, toute la matinée...... Il est bien aimable,
va....

Air : *En deux moitiés, dit-on, le sort.*

Dans ses traits se peint la bonté,
De la vertu c'est l'apanage ;
Ses yeux expriment la fierté,
C'est l'indice d'un grand courage ;
Aisément il parle de tout,
D'une façon franche et polie :
Et l'on voit bien qu'il a bon goût :
Il m'a dit que j'étais jolie.

FRANTZ.

Ah ça, c'est bien vrai ! pourtant je tremble que notre
mariage ne se fasse point.

JEANNETTE.

Rassure-toi, mon père est entêté ; mais je lui prouverai que
je suis sa fille,

FRANTZ, *bas à Jeannette.*

Tiens, voilà justement notre étranger ; il a l'air rêveur, al-
lons-nous-en pour ne pas le troubler.

SCÈNE VI.

Les Mêmes, VOLTAIRE.

VOLTAIRE, *les retenant.*

Pourquoi donc fuir à mon approche, mes bons amis ? suis-je fait pour vous effrayer ?

JEANNETTE, *baissant les yeux.*

Non, Monsieur.

VOLTAIRE, *à part.*

Cette petite fille est charmante (*Haut.*) Il paraît que vous êtes bien d'accord ?

FRANTZ.

Ah ! Monsieur, je vous le jure ! j'aime Jeannette par-dessus tout.

VOLTAIRE, *regardant Jeannette.*

C'est bien naturel.

FRANTZ.

Air : *Entrez, entrez.* (Des Landes.)

Elle a, pour se faire adorer,
    Les grâces en partage ;
Et de plus, pour me rassurer,
    Elle est douce, elle est sage.
Tous les jours je lui reconnais
Nouveaux charmes, nouveaux attraits ;
    Et bientôt, je le gage,
Si l'on consent à nous unir,
Je suis certain d'en découvrir
    Encor (*ter.*) bien davantage.

Quel dommage que son père ne veuille pas de moi !

VOLTAIRE.

Sans doute, puisque vous vous convenez.

FRANTZ.

Ah dame, Monsieur, le père Trim est un peu avare, et je n'ai qu'une petite ferme pour toute ressource.

VOLTAIRE.

Eh bien, n'est-ce donc pas une belle dot? eh! mon Dieu, la fortune n'ajoute point au bonheur.

Air : *Depuis long-temps j'aimais Adèle.*

J'ai vu souvent plus d'un couple volage,
Dont l'intérêt forma les nœuds,
Se plaindre après le mariage,
Et pour changer faire des vœux :
Des chaînes semblent importunes,
Même au sein des biens, des honneurs;
Hélas! pour joindre deux fortunes,
Faut-il donc séparer deux cœurs?

JEANNETTE.

C'est ce que j'ai dit à mon père, Monsieur; mais il s'est engoué du Bourguemestre, et il veut à toute force que je l'aime, comme si cela était possible.

VOLTAIRE.

Soyez tranquilles, mes enfans, je me charge d'obtenir le consentement de M. Trim.

FRANTZ.

En vérité?

VOLTAIRE.

J'ai arrangé des affaires plus sérieuses que la vôtre, et j'ai défendu plus d'une fois la cause de l'amour.

JEANNETTE, FRANTZ.

Ah! Monsieur!

VOLTAIRE.

Air *de la Monaco.*

Laissez-moi faire,
J'ai mes projets
Pour mener à bien cette affaire.
Laissez-moi faire,
Je vous promets
Que je gagnerai le procès.
(*A Jeannette.*)
Mais si je fais ce mariage,
Jeannette, te souviendras-tu
Que ton bonheur est mon ouvrage?

JEANNETTE, *faisant la révérence.*

Un bienfait n'est jamais perdu.

VOLTAIRE.

Laissez-moi faire, etc.

JEANNETTE, FRANTZ.

Laissons-le faire;
De ses projets,
Espérons tout dans cette affaire:
Laissons le faire;
Avec succès
Il plaidera notre procès.

(*Jeannette et Frantz sortent.*)

SCÈNE VII.

VOLTAIRE, *seul.*

Ces pauvres enfans !... vraiment ils m'intéressent... mais ne perdons pas de vue l'objet de mon voyage ! dans quelques jours je serai à Berlin : il faut bien payer un tribut à mon hôte ; son épitre mérite au moins une réponse en vers. Ce bon Frédéric ! il ne s'attend guère à me voir sitôt ; pour le surprendre, je ne lui ai point fait savoir le jour précis de mon départ, et je veux arriver sans qu'il s'en doute. Nous ne nous sommes jamais vus et ce n'est qu'à Berlin qu'il veut me remettre son portrait ; ainsi je suis tranquille... pourtant, je le sens, je quitte mon pays à regret: la haine, la calomnie m'y poursuivent et me diffament ; mais je ne l'en aime pas moins.

Air *de la Colonne.*
Loin du climat qui m'a vu naître,
Chez l'étranger, je fuis mes ennemis ;
Et cependant déjà je voudrais être
De retour dans mon beau pays !

On aime toujours son pays !
Ingrats ! votre injuste furie,
Votre haine et votre rigueur,
Ne peuvent point balancer dans mon cœur,
Le noble amour de la patrie !

On vient, ne perdons pas de temps ; je me sens en verve ;
allons rêver dans le jardin à mon épître au Roi. (*Il est arrêté
par la nôce.*)

SCÈNE VIII.

VOLTAIRE, TRIM, FARCEMANN, JEANNETTE, VIL-
LAGEOIS, VILLAGEOISES, GARÇONS D'AUBERGE.

CHOEUR.

Air : *Walse de Mozart.*

En attendant
Le jour charmant
De la fête
Qui s'apprête,

Amis, venons/venez avec gaîté.

Tous boire à sa/ma santé.

FARCEMANN.

Je vais donc voir,
Par ce bel hyménée,
Tout mon espoir
Comblé demain au soir!

TRIM.

Nous danserons,
Et toute la journée
Nous chanterons
En vidant nos flacons.

TOUS.

En attendant
Le jour charmant
De la fête
Qui s'apprête,

Amis, venons/venez avec gaîté,

Tous boire à sa/ma santé.

VOLTAIRE, *à Jeannette.*

Tout le monde se réjouit ici, et vous seule êtes triste, mon enfant.

JEANNETTE.

J'ai bien raison de l'être : regardez mon prétendu.

VOLTAIRE.

Quoi ! c'est là ?..

JEANNETTE.

Ah ! mon Dieu , oui.

VOLTAIRE.

Et vous l'appelez ?

JEANNETTE.

M. Farcemann.

VOLTAIRE, *à part.*

Il a bien l'air de son nom. (*S'approchant de Farcemann*) M. Farcemann ! pourquoi donc épousez-vous cette aimable enfant ?

FARCEMANN, *riant.*

Eh parbleu ! Monsieur, c'est pour avoir des descendans.

VOLTAIRE, *d'un air moqueur.*

Des descendans!... mais on dit votre future bien vertueuse.

(*Il sort.*)

SCÈNE IX.

LES MÊMES, *excepté* VOLTAIRE.

FARCEMANN.

Voilà qui va le mieux du monde ; mais de quoi se mêle-t-il donc, ce Monsieur, avec son rire moqueur et sa perruque étrangère ? Il me regarde d'un mauvais œil, je crois... si j'en étais certain... dites donc, mes amis, avez-vous remarqué s'il m'a regardé de travers ?

TRIM, *fâché.*

Bon ! bon ! ne pensons plus à cela ; c'est sans doute ma fille qui...

FARCEMANN, *à Trim.*

Ne la grondez pas. (*A Jeannette.*) Aimable Jeannette !
c'est aujourd'hui que nous allons nous marier.

TRIM.

Sans doute ; où voulez-vous en venir.

FARCEMANN, *à Trim.*

Ne m'interrompez pas (*A Jeannette.*) Vous savez probablement à quoi vous vous exposez en contractant ce nœud in-
dissoluble ?

TRIM, *brusquement.*

Eh ! certainement, elle le sait.

FARCEMANN.

Mais laissez-là donc répondre... ce n'est pas vous que j'é-
pouse.

JEANNETTE, *à part.*

Oh ! le vilain homme !

FARCEMANN.

Écoutez-moi, belle Jeannette : Le mariage, mon enfant,
est une institution aussi vieille que le monde ; on se mariait
jadis, on se marie encore... la preuve, c'est que nous allons
nous épouser, et l'on se mariera toujours.

TRIM.

C'est connu depuis long-temps.

FARCEMANN, *continuant.*

Daignez, en attendant, intéressante Jeannette, accepter
ce léger gage de notre union. (*Il tire un fichu de sa poche
et le lui présente.*)

JEANNETTE.

Monsieur, je n'en veux pas.

FARCEMANN, *le remettant dans sa poche.*

Vous me refusez... voilà qui va le mieux du monde.

TRIM.

Voilà qui va le mieux du monde ?.. je ne dis pas ça, moi.
Allons, Mademoiselle, acceptez bien vite ce fichu puisque
M. le Bourguemestre vous l'offre.

JEANNETTE, *le prenant.*

Oui, Mon père. (*A part.*) Je ne le porterai jamais.

SCÈNE X.

LES MÊMES, FRÉDÉRIC, *vétu en soldat*, FRANTZ.

FRANTZ, *accourant.*

M. Trim! M. Trim! voici un soldat qui demande à vous parler.

TRIM.

A moi? (*Regardant Frédéric.*) Ciel!

FRÉDÉRIC, *faisant signe à Trim.*

Brave Trim, tu me reconnais donc?.... J'en étais bien sûr....

TRIM, *embarrassé.*

Oui, oui, si... (*Frédéric le regarde.*) Oui, Monsieur.

FRÉDÉRIC.

Monsieur!.. dis ton vieux camarade, mon brave; ne l'étions-nous pas au champ d'honneur?

TRIM.

Oui, oui, c'est vrai.

FRÉDÉRIC.

Eh bien!

Air : *Il me faudra quitter l'empire.*

Cesse de t'étonner, de grâce;
Je n'aime point qu'on fasse de façon :
J'ai connu jadis ton audace,
Je suis toujours ton compagnon.
Malgré le canon, la mitraille,
Nous marchions ensemble aux combats !
Mon cher Trim, les jours de bataille,
Nous étions tous les deux soldats.

FARCEMAN, *bas à Trim.*

Père Trim, prenez garde à vous; c'est peut-être un déserteur.

FRÉDÉRIC, *à Trim.*

J'ai quitté l'état militaire, et je viens...

TRIM.

Comment ? vous...

FRÉDÉRIC.

Oui, te dis-je, et je viens te proposer une affaire.... mais nous avons besoin d'être seuls.

FARCEMANN.

Voilà qui va le mieux du monde! il paraît qu'il faut nous éloigner.

TRIM.

Vous reviendrez tout-à-l'heure.

JEANNETTE, *bas à Frantz.*

Tant mieux! ça fera peut-être manquer la noce.

TRIM.

Allons, mes amis, entrez dans la grande salle, j'irai bientôt vous rejoindre.

CHOEUR.

En attendant
Le jour charmant,
Etc.

(*Tout le monde sort.*)

SCÈNE XI.

FRÉDÉRIC, TRIM.

TRIM.

Quoi! Sire je vous revois sous ce déguisement?

FRÉDÉRIC.

Tu ne peux en savoir le motif... Apprends seulement que je veux être inconnu, et que je m'empare de ton auberge.

TRIM.

Comment, Sire?

FRÉDÉRIC.

Pas de réplique ; ton auberge m'appartient.

L'Auberge du Grand Frédéric.   2

TRIM.

Non, Sire , elle ne vous appartient pas.

FRÉDÉRIC.

Je la paie.

TRIM.

Vous pouvez garder votre argent : vous ne l'aurez pas.

FRÉDÉRIC.

Tu oses me résister ?

TRIM.

Votre Majesté ne voudrait pas commettre un acte de vio-
lence. Mon auberge est à moi comme la Prusse est à vous. Rap-
pelez-vous , Sire , le Meunier de Sans-Souci.

Air: *Un homme pour faire un tableau.*

Vous fûtes , dit-on, le premier
A lui rendre toute justice :
Ici , comme au pauvre meunier,
A mes vœux vous serez propice.
Je sais que vous nous gouvernez ,
Chacun respecte votre empire...
Et les lois que vous nous donnez ,
Vous ne voulez pas les détruire.

FRÉDÉRIC, *à part.*

Il a raison. (*Haut*) Ne l'emporte pas , je ne veux pas te
ravir ta maison, je veux seulement que tu me la cèdes pour
quelques jours.

TRIM.

A la bonne heure, Sire ; dans ce cas là , je consens à vous
la louer ; dès ce moment elle est à vous et les locataires sont
à votre compte.

FRÉDÉRIC, *souriant.*

Sans doute. Tu peux maintenant introduire les gens de la
noce, et me faire reconnaître pour ton successeur. Surtout
de la discrétion.

TRIM.

Cela suffit , Sire. (*Il appelle*) M. Farcemann! Jeannette!
venez tous.

SCÈNE XII.

FRÉDÉRIC, TRIM, FARCEMANN, JEANNETTE, FRANTZ, Villageois, Villageoises, Garçons d'auberge.

FARCEMANN.

La noce commençait à s'impatienter... Qu'y a-t-il de nouveau ?

TRIM.

Il y a de nouveau, mes amis, que je viens de vendre mon fonds, et que je ne suis plus le maître de cette auberge.

TOUS, *surpris.*

En vérité ?

TRIM.

Oh! mon Dieu, c'est fini. (*Montrant Frédéric.*) Voilà mon successeur.

FARCEMANN.

Voilà qui va le mieux du monde..... je cultiverai sa connaissance.

TRIM.

Oui ; mais je vous avertis que ce n'est pas un aubergiste comme un autre.... Il a du bien au soleil, celui-là.

FARCEMANN.

Alors, il y a une petite différence... Ce n'était point la fille de Trim que j'épousais, c'était celle de l'auberge. (*Se tournant vers le Roi.*) Et si le hasard voulait que Monsieur eût une demoiselle à marier ?

FRÉDÉRIC.

Elle vous conviendrait, n'est-ce pas ?

FARCEMANN.

Cela m'irait le mieux du monde.

FRÉDÉRIC.

Nous verrons cela quand nous nous connaîtrons mieux.

FARCEMANN.

Mon cher Trim, je suis bien fâché... mais...

TRIM.

Vous ne tenez donc pas à ma fille ?

FARCEMANN.

Je tiens beaucoup à l'auberge.

TRIM.

Eh bien , morbleu ! dans ce cas , je la donne à Frantz.

FRANTZ ET JEANNETTE.

Ah ! quel bonheur !

TRIM.

Et nous célébrerons la noce dans sa ferme. (*Aux villa-geois.*) Vous en êtes tous, il n'y a que le futur de changé.

Air : *Lorsque tout nous invite.*
(Pâris de Surêne.)

> Retirons-nous de suite,
> Allons tout préparer;
> Le plaisir nous invite
> A ne pas différer,
> Nous ne devons pas différer.

TOUS.

> Retirons-nous de suite,
> Etc.

(*Tout le monde sort.*)

SCÈNE XIII.

FRÉDÉRIC.

Enfin ils sont partis et me voilà aubergiste ! Songeons maintenant à mon projet. Ah ! M. de Voltaire , vous avez cru entrer en Prusse incognito ; nous verrons.. je vous prouverai, morbleu ! que je suis instruit de tout dans mon royaume.

Air *de Lantara.*

> Souvent, hélas ! au rang suprême,
> Par des flatteurs on se laisse tromper,
> Je vois toujours tout par moi-même;
> Ainsi rien ne peut m'échapper.
> De mon pouvoir heureux dépositaire,
> Chacun a droit à mes soins bienveillans.
> De mes sujets puisque je suis le père,
> Je dois veiller au bien de mes enfans.

SCÈNE XIV.

FRÉDÉRIC, LE CONSEILLER.

LE CONSEILLER.

Sire, je me rends à vos ordres; mais je ne m'attendais guères
à vous voir ainsi....

FRÉDÉRIC.

M. le Conseiller, écoutez moi : M. de Voltaire, que j'attendais à Berlin, veut me surprendre; j'ai été informé secrète-
ment de son départ, et je présume qu'il doit, aujourd'hui
même, arriver dans ce village ; comme cette auberge est la
seule qu'il y ait sur la route, il est probable qu'il s'y reposera ;
allez donc sur-le-champ donner l'ordre au Bourguemestre de
l'endroit, d'arrêter tous les voyageurs et de prendre leur pas-
port que vous m'apporterez.

LE CONSEILLER.

Oui, Sire.

FRÉDÉRIC.

Je veux me venger gaîment de la petite supercherie de
Voltaire.

LE CONSEILLER.

Votre majesté honore donc toujours cet homme de son
amitié?

FRÉDÉRIC.

Dites plutôt qu'il veut bien la partager.

LE CONSEILLER.

Mais, Sire, si M. de Voltaire a tant d'ennemis, que votre
majesté...

FRÉDÉRIC.

C'est le chantre de Henri-Quatre.

Air : *Ce Magistrat irréprochable.*

Je suis l'ami de ce grand homme :
A l'univers je prétends le prouver.
Ce philosophe qu'on renomme,
Par son génie a su me captiver.
En vain, dans son affreux délire,
L'envie attaque son talent;
La plume qui traça Zaïre
N'est pas la plume d'un méchant.

LE CONSEILLER.

Je craignais pour la gloire de votre Majesté.

FRÉDÉRIC.

Allez exécuter mes ordres.

LE CONSEILLER.

Oui, Sire. (*Fausse sortie.*)

FRÉDÉRIC.

M. le Conseiller, en entrant dans ce village, j'ai appris que l'incendie avait détruit la chaumière d'un pauvre cultivateur, vous lui remettrez cette bourse de la part du Roi. (*Il lui donne sa bourse.*) C'est un des vieux grenadiers de mon père ; il est venu jadis à son secours, il est juste que je vienne au sien.

LE CONSEILLER, *saluant respectueusement.*

Oui, Sire.

Ensemble.

FRÉDÉRIC.

Air *de la Ronde du Pauvre Diable.*

Partez, Monsieur, et faites diligence ;
Je vous confie en ces lieux ce dépôt.
Lorsque l'on va soulager l'indigence,
On ne saurait jamais venir trop tôt.

LE CONSEILLER.

Je pars de suite et ferai diligence ;
Au vieux soldat je rendrai ce dépôt.
Lorsque l'on va soulager l'indigence,
On ne saurait jamais venir trop tôt.

(Il sort.)

SCÈNE XV.

FRÉDÉRIC, VOLTAIRE.

FRÉDÉRIC, *regardant Voltaire.*

Quel est cet étranger ?

VOLTAIRE, *sans voir Frédéric.*

Conçoit-on une pareille idée de la part de cet aubergiste ?

se décider si vite à céder sa maison ! moi, qui étais déjà fait à sa physionomie. Au reste, il paraît que ce changement de fortune a contribué au bonheur de sa fille, et c'est tout ce que je demandais.

FRÉDÉRIC, *à part.*

C'est sans doute un de mes locataires... je vais être bien embarrassé s'il a besoin de quelque chose.

VOLTAIRE, *l'apercevant.*

Ah ! ah ! voilà probablement mon nouvel hôte ! (*Il l'examine.*) Sa figure est singulière ! (*Haut.*) Monsieur, c'est peut-être vous qui êtes le nouveau maître ?

FRÉDÉRIC.

Pour vous servir, si j'en étais capable.

VOLTAIRE.

Comment vous nomme-t-on ?

FRÉDÉRIC, *s'oubliant.*

Frédéric.

VOLTAIRE.

Frédéric ! diable ! c'est un fameux nom que vous avez là.

FRÉDÉRIC.

Je ne le changerais pas pour un autre.

VOLTAIRE.

Je le crois bien. (*A part.*) Mon épître est faite, je n'ai plus qu'à écrire.

FRÉDÉRIC.

Monsieur n'est pas prussien, à ce qu'il paraît?

VOLTAIRE, *avec intention.*

Non, Monsieur, non.

FRÉDÉRIC.

Monsieur est ?...

VOLTAIRE, *à part.*

C'est un questionneur. (*Haut.*) Monsieur, je vous préviens que je ne sais pas un mot de ce que vous allez me demander... d'ailleurs, je désire être seul.

FRÉDÉRIC.

Je me retire.

VOLTAIRE.

Un moment. Avant de sortir, donnez-moi de l'encre et une plume.

FRÉDÉRIC.

Mais...

VOLTAIRE, *s'impatientant.*

Mais, mais... quand vous resterez là, les bras croisés, à me regarder... donnez-moi donc une plume, mes idées vont m'échapper.

FRÉDÉRIC, *appelant.*

Holà ! quelqu'un ! (*Un homme paraît.*) Apportez à Monsieur de l'encre et du papier. (*A Voltaire.*) Monsieur est poète ?

VOLTAIRE.

On le dit.

FRÉDÉRIC.

Et Monsieur le croit.

VOLTAIRE, *souriant.*

Ce sont de ces choses qu'on finit aisément par se persuader.

FRÉDÉRIC.

Notre Roi Frédéric, par exemple ; peu content du titre de Roi et de soldat, il a la prétention encore...

VOLTAIRE, *à part.*

C'est un espion ! (*Haut.*) Monsieur, vous ne savez ce que vous dites.

Air *de M. Blanchard.*

Il est guerrier, grand poète à-la-fois :
Le dieu des vers, qui sans cesse l'inspire,
Pour qu'il chantât et qu'il fît des exploits,
Mit dans ses mains son carquois et sa lyre.
   Souverain, citoyen, soldat,
   Et jaloux d'une double gloire,
   Illustrant ou servant l'état,
   C'est Achille dans le combat,
   C'est Homère après la victoire,

(*A part.*) Voilà qui ne me compromettra pas.

(*On apporte de l'encre et du papier.*)

Bon! voilà tout ce qu'il me faut pour écrire. (*A Frédéric.*) Mon cher hôte, si vous vouliez vous aller promener dans notre jardin.

FRÉDÉRIC, *à part.*

C'est cela, il m'envoie promener. (*Haut.*) Mais pourquoi Monsieur ne monte-t-il pas dans sa chambre?

VOLTAIRE.

Elle est trop triste... cette croisée sur ce feuillage... ces fleurs... je suis bien ici... faites-moi le plaisir de vous en aller.

FRÉDÉRIC.

Si Monsieur voulait le permettre, je m'asseyerais là; je ne dirais pas un mot.

VOLTAIRE.

Oh! qu'à cela ne tienne! (*Il écrit.*) Restez-là et ne parlez pas.

FRÉDÉRIC, *à part.*

C'est homme est singulier.

VOLTAIRE, *à part.*

Air: *Belle, aux galans mystères.*

Vous que mon cœur adore,
Muses, divines Sœurs!
Venez, venez encore
M'accorder vos faveurs!

FRÉDÉRIC, *à part.*

Ma foi, le moment est prospère;
Puisque je suis tranquille ici,
Faisons quelques vers pour Voltaire.

VOLTAIRE, *à part.*

Je vais lui répondre en ami.

Ensemble.

Vous, que mon cœur adore,
Etc.

VOLTAIRE, *à part.*

Voilà qui est terminé ! le Roi sera content.

FRÉDÉRIC, *à part.*

Voilà qui est fini ! Voltaire sera satisfait, je l'espère.

VOLTAIRE, *à part.*

Demain, je serai à Berlin à son insu et je lui ferai tenir cette épitre, datée des portes de son palais.

FRÉDÉRIC, *à part.*

Il croira arriver incognito dans ce village, et quand je le saurai, je lui ferai remettre ce quatrain.

VOLTAIRE, *à part.*

N'ai-je pas blessé les convenances dans mon épitre ?

FRÉDÉRIC, *à part.*

Le trouvera-t-il bien ? si je pouvais consulter quelqu'un.

VOLTAIRE, *à part.*

Si je pouvais... voilà justement mon nouvel hôte... pourquoi pas ?... Molière quelquefois consultait sa servante.

FRÉDÈRIC, *à part.*

Si j'osais montrer mes vers à ce poète. Bah ! il les trouvera mauvais... les vers d'un aubergiste ne peuvent pas être bons... si c'étaient ceux d'un Roi encore... essayons toujours.

VOLTAIRE, *à part.*

Parbleu ! je vais faire cette épreuve ; qui le saura ? (*Haut.*) Mon ami.

FRÉDÉRIC.

Monsieur, j'ai une demande à vous faire.

VOLTAIRE.

Et moi aussi... Qu'est-ce donc ?

FRÉDÉRIC.

Parfois je compose, et comme je viens de faire quelques vers...

VOLTAIRE, *à part,*

Allons, tout le monde s'en mêle.

FRÉDÉRIC.

Si Monsieur voulait me faire l'honneur de les entendre.

VOLTAIRE, *à part*

Allons, à charge de revanche ! (*Haut.*) Volontiers ; y en a-t-il beaucoup ?

FRÉDÉRIC.

Quatre.

VOLTAIRE.

Je respire.

FRÉDÉRIC.

Je réclame votre indulgence.

VOLTAIRE.

J'en ai fait provision en arrivant en Prusse. J'écoute.

FRÉDÉRIC.

A M. de Voltaire.

VOLTAIRE.

A M. de Voltaire ?... vous le connaissez donc ?

FRÉDÉRIC.

Oui , Monsieur, sur sa renommée.

Air : *Muse des bois*

> Je le prédis, ses ouvrages célèbres,
> Qui brillent tous d'une heureuse clarté ,
> De l'ignorance écartant les ténèbres,
> Seront transmis à la postérité
> Tels ces fanaux qui, dans les nuits d'orage ,
> En signalant les bancs et les rochers,
> Aux yeux charmés découvrent le rivage ,
> Et dans le port dirigent les nochers.

VOLTAIRE, *à part.*

Voilà, pour un aubergiste Prussien, des expressions. (*Haut.*) Voyons vos vers.

FRÉDÉRIC , *lisant.*

> « L'aimable , le divin Voltaire,
> » Ecrit, mais il ne fait pas tout : ,
> » L'on assure qu'au Dieu du goût
> » Il ne sert que de secrétaire ».

VOLTAIRE.

(*A part.*) Voilà un éloge presque académique.

FRÉDÉRIC.

Eh bien ! comment les trouvez vous ?

VOLTAIRE.

Monsieur, je ne croyais pas que les Muses françaises eussent en Prusse d'autre résidence que le palais du Roi... et certaine-ment... (*A part.*) Ce n'est pas dans un misérable cabaret, que j'aurais cru les rencontrer (*Haut.*) Vos vers sont fort bien, très-bien... (*A part.*) Pour quelqu'un qui n'en fait pas son état (*Haut.*) Monsieur, service pour service ; j'ai entendu vos vers, il faut que vous entendiez les miens.

FRÉDÉRIC.

C'est juste. (*A part.*) Cela doit être plaisant.

VOLTAIRE.

Je vous préviens qu'ils ne valent pas les vôtres.

FRÉDÉRIC.

Modestie d'auteur... Je vous écoute.

VOLTAIRE, *lisant.*

Épître au Roi de Prusse.

FRÉDÉRIC.

Épître au Roi de Prusse ? (*A part.*) Ah ! je devine, c'est un de ces poètes qui chantent la victoire, la gloire et les fêtes de la Cour pour avoir des pensions...... il s'adresse bien.

VOLTAIRE, *lisant.*

« Vous dont le précoce génie
» Poursuit sa carrière infinie,
» Du Parnasse au champ des combats ;
» Défiant, d'un essor sublime,
» Et les obstacles de la rime
» Et les menaces du trépas ».

FRÉDÉRIC, *à part.*

Quel style ! quelle élégance !

VOLTAIRE, *continuant.*

« Amant fortuné de la gloire,
» Vous avez voulu que l'histoire
» Devînt l'objet de mes travaux,

» Du haut du temple de mémoire,
» Sur les ailes de la victoire
» Vos yeux conduisent mes pinceaux ».

FRÉDÉRIC, *à part.*

Dieux! quel soupçon! ces vers.... ces yeux étincelans de génie....

Air : *Qu'un Poète.* (De Bancelin.)

C'est Voltaire ! (*bis.*)
L'aventure est singulière,
C'est Voltaire ! (*bis.*)
Oui, plus de doute, c'est lui.

VOLTAIRE.

Ce n'est pas encor fini,
Écoutez-moi donc de grâce.

FRÉDÉRIC, *à part.*

Oui, c'est le dieu du Parnasse,
Que je vois paraître ici.

Ensemble.

C'est Voltaire ! (*bis.*)
Etc.

VOLTAIRE, *à part.*

Quel mystère ! (*bis.*)
Mes vers semblent lui déplaire,
Quel mystère ! (*bis.*)
Serait-ce un poète aussi?

Eh bien, vous ne me dites rien?

FRÉDÉRIC.

Faut-il vous parler franchement ?

VOLTAIRE, *à part, en riant.*

Aie ! aie !

FRÉDÉRIC, *à part.*

Voyons s'il est aussi philosophe qu'il le dit.

VOLTAIRE.

Parlez, ne craignez rien.

FRÉDÉRIC.

Vos vers ne sont pas bons.

VOLTAIRE, *à part.*

Jalousie de métier.

FRÉDÉRIC.

Il est vrai que vous avez fait l'eloge de mon quatrain et que je ne devrais pas....

VOLTAIRE, *d'un ton sec.*

Monsieur... il est possible que nous nous trompions tous deux.

FRÉDÉRIC, *à part.*

Il se fâche... Allons, il n'est pas si philosophe.

(*Farcemann entre.*)

SCÈNE XVI.

Les Mêmes, FARCEMANN.

FRÉDÉRIC, *à part*

Au diable l'importun ! J'aurais voulu le pousser à bout.

FARCEMANN, *à part.*

Commençons ma revue par cette auberge et par le Monsieur qui m'a regardé de travers ce matin...... je voudrais qu'il n'eût pas de papiers. (*Haut.*) Il parait que ces Messieurs font la conversation ensemble... je leur demande bien pardon de les interrompre, mais je dois exécuter ler ordres du Roi.

VOLTAIRE.

Les ordres du Roi ?

FARCEMANN.

Oui, Monsieur, les ordres du Roi... et d'abord vous allez me donner votre passeport.

FRÉDÉRIC *à part.*

A merveille, il sera bien forcé de se faire connaître.

VOLTAIRE, *à part.*

Mon passe-port ! à six lieues de Berlin... je n'en ferai rien. (*Haut.*) Je n'en ai point.

FARCEMANN.

Vous n'en avez pas ? (*A part.*) Voilà qui va le mieux du monde. (*Haut.*) Et pourquoi Monsieur voyage-t-il sans passe-port ?

VOLTAIRE.

Pour mon plaisir.

FARCEMANN.

A la bonne heure.... c'est une raison, et si je voulais m'en contenter...

FRÉDÉRIC, *bas à Farcemann.*

Ne le laissez pas échapper.

FARCEMANN.

Je m'en garderai bien... cet homme m'est suspect depuis ce matin, et je vais le faire arrêter sur le champ.

FRÉDÉLIC, *à part.*

Et moi, je l'emmène dans ma voiture à Berlin.

FARCEMANN, *appelant.*

Trouu! Brock! Kirff! Mingoff! allons, avancez.

(*Quatre soldats entrent.*)

VOLTAIRE.

Pourquoi donc tous ces soldats ?

FARCEMANN.

Cette question... Eh! parbleu! c'est la force armée pour vous arrêter, Monsieur... Ah! vous voyagez sans passe-port, et vous osez regarder en face le Bourguemestre de sa Majesté Prussienne.... nous allons voir.

VOLTAIRE.

M'arrêter! moi ?

FARCEMANN.

Au nom du Roi.

VOLTAIRE.

Air : *Comme il m'aimait.*

Au nom du Roi! (*bis.*)

FARCEMANN.

En son nom, oui, je vous arrête!

VOLTAIRE.

Au nom du Roi! (*bis.*)
Ce nom sera sacré pour moi ;
Mais en vérité, je regrette
Qu'il soit permis d'être si bête
Au nom du Roi ! (4 *fois.*)

FARCEMANN.

Monsieur, vous êtes bien bon, certainement... mais vous allez me suivre en prison.

FRÉDÉRIC, *à part.*

Ah! M. de Voltaire! vous voulez lutter avec moi.

VOLTAIRE, *à Frédéric.*

J'espère que mon cher hôte, mon cher confrère en Apollon, va me servir de caution.

FARCEMANN.

Oui, c'est cela ! il en aurait presque besoin pour lui-même, je ne le connais que d'aujourd'hui. Allons marchons, Monsieur ; et sans plus de retard, on attend ma présence ailleurs.

VOLTAIRE, *à part.*

Je vois qu'il faudra que je me nomme. M. le Bourguemestre, vous êtes un sot, en trois lettres.

FARCEMANN.

Comment dites-vous, Monsieur ?

FRÉDÉRIC, *à part.*

Voilà qui est charmant.

VOLTAIRE.

Quand vous me connaîtrez, vous vous repentirez de votre obstination.

FARCEMANN, *à part.*

Quand je le connaîtrai.... est-ce que ce serait un grand seigneur.

SCÈNE XVII.

LES MÊMES, CLOPIN.

CLOPIN, *accourant.*

M. le Bourguemestre ! M. le Bourguemestre !

FARCEMANN.

Eh bien ! qu'est-ce ? et pourquoi me chercher jusqu'ici ?

CLOPIN.

C'est que..... c'est que je veux vous parler en secret, not' maître, pour une affaire majeure.

FARCEMANN, *à part.*

Une affaire majeure ! (*Haut.*) Pardon, M. mon prisonnier, je suis à vous dans l'instant.

VOLTAIRE.

Ne vous pressez pas. (*A part.*) Quelle situation !

FARCEMANN, *bas à Clopin.*

Que viens-tu m'apprendre, Clopin ?

CLOPIN, *bas.*

Le bruit court, dans le village, que le Roi y est arrivé in-cognito.

FARCEMANN, *bas.*

Qu'est-ce que tu dis donc là ?

CLOPIN, *bas.*

Vous r'épète c'que tout l'monde dit.

FARCEMANN, *à part.*

Ah ! mon Dieu ! quelle idée ! est-ce que ce serait-là ?...

CLOPIN, *bas à Farcemann.*

Et je suis venu vous en avertir, pour que vous ne fassiez pas quelque bêtise... j'm'en vas, ça vous r'garde.

(*Il sort.*)

SCÈNE XVIII,

LES MÊMES, *excepté* CLOPIN.

FARCEMANN.

Voilà qui va le mieux du monde! je frissonne (*Il regarde Voltaire.*) Avec ça qu'il m'a dit que j'étais un sot.

FRÉDÉRIC, *bas à Farcemann.*

Votre homme va vous échapper.

VOLTAIRE, *à part.*

Réflexion faite, je veux que l'on m'arrête. (*Haut.*) je suis à vos ordres, M. le Bourguemestre; mais souvenez-vous que l'intention de sa Majesté Prussienne n'est pas qu'on tyranise ainsi les voyageurs; et que lorsque je serai arrivé à Sans-Souci, je vous ferai couper les oreilles.

FARCEMANN, *à part.*

A Sans-Souci!... C'est le Roi incognito... je ne saurais en douter... Malheureux Farcemann !

FRÉDÉRIC, *bas à Farcemann.*

Arrêtez donc cet homme, M. le Bourguemestre.

FARCEMANN, *en colère.*

Non, Monsieur, non; je ne l'arrêterai pas.

VOLTAIRE, *à part.*

Quel vertige ?

FARCEMANN, *au Roi.*

Et c'est vous qui allez me suivre en prison pour m'avoir induit en erreur.

FRÉDÉRIC *à part.*

Par exemple, l'aventure serait comique.

FARCEMANN.

Oui, Monsieur... voyons vos papiers à votre tour.

FRÉDÉRIC.

Je n'en porte jamais.

FARCEMANN.

Ah ! vous éludez la loi... en conséquence de ce , Monsieur, qui que vous soyez, je vous demande bien pardon , mais le devoir... le Roi... la patrie... le salut... enfin..

Air : *Au collet , au collet.*

En prison,
Sans façon ;
Vite, allons , qu'on le saisisse.
En prison. (*bis.*)
Sur le champ qu'on m'obéisse ;
Ah ! malgré votre artifice,
Je vous prouve en ce moment
Qu'on me trompe rarement.

VOLTAIRE ET FRÉDÉRIC, *à part.*

En prison ,
Sans raison ;
Mais quel est donc son caprice ?
En prison ! (*bis.*)
Vrai, j'admire la justice ;
Ici , soit dit sans malice,
Ce Bourguemestre , vraiment,
La rend bien adroitement.

Ensemble.

(*Les soldats entourent le Roi , sans le toucher.*)

SCÈNE XIX.

Les Mêmes , LE CONSEILLER , TRIM, JEANNETTE , FRANTZ , CLOPIN, Villageois, Villageoises, Garçons et Filles d'auberge.

TRIM.

Ah ! mon Dieu ! que faites vous , M. Farcemann, c'est le Roi.

FARCEMANN, *surpris.*

Le Roi !

VOLTAIRE.

Le Roi !

LE CONSEILLER.

Sire, je viens vous apprendre à la hâte une grande nouvelle... M. de Voltaire est arrivé à Berlin.

VOLTAIRE, *à part.*

A l'autre, maintenant.

FRÉDÉRIC, *souriant.*

Vous vous trompez, M. le Conseiller, voilà M. de Voltaire.

LE CONSEILLER, *très-surpris.*

M. de Voltaire ! C'est jouer de malheur.

FARCEMANN, *avec exclamation.*

M. de Voltaire (*Au Conseiller.*) Qu'est-ce donc que ce
Monsieur-là ?

VOLTAIRE.

Quoi! Sire ! j'étais reconnu et vous avez daigné vous-même..
je ne m'étonne plus si mes vers vous ont paru mauvais.. Cé-
sar n'aime pas qu'on le loue.

FRÉDÉRIC.

Nous les relirons à Berlin, mon cher Voltaire, et nous y
rirons à notre aise de cette singulière rencontre. (*A sa suite*)
Partons. Trim, je te rends ton auberge.

TRIM.

Sire, je vous demande une grâce.

FRÉDÉRIC.

Laquelle?

TRIM.

C'est de l'appeler dorénavant l'Auberge du Grand-Frédéric.

FRÉDÉRIC.

J'y consens.

FARCEMANN.

Sire , je vous supplie de croire que si j'avais su...

FRÉDÉRIC.

C'est bon , monsieur le Bourguemestre , je me souviendrai
de vous.

VOLTAIRE.

Et moi aussi.

CHOEUR.

Air : *Honneur à ce jeune étranger.*
(Pâris de Surêne.)

Honneur et gloire à notre souverain !
Célébrons sa puissance ,
Sa vaillance;
Oui, que chacun répète ce refrain :
Honneur et gloire à notre souverain !

(*Frédéric , Voltaire et le Conseiller sortent
ainsi que les Soldats.*)

SCÈNE XX.

FARCEMANN , TRIM, FRANTZ, JEANNETTE, VILLA-
GEOIS, VILLAGEOISES, GARCONS ET FILLES D'AUBERGE.

FARCEMANN , *à Trim.*

Voilà qui va le mieux du monde , père Trim , le roi se sou-
viendra de moi... vous l'avez entendu : sans doute quelque
bonne place... Ah ça ! puisque je m'étais trompé , je reviens à
la charmante Jeannette.

TRIM.

J'en suis bien fâché ; mais ventrebleu! ce qui est fait est
fait : vous ne l'aurez pas.

FARCEMANN , *à part.*

Je n'ai fait que des gaucheries aujourd'hui... (*A Trim.*)
J'assisterai du moins au repas de noce, n'est-ce pas ?

TRIM.

Volontiers.

FARCEMANN.

Voilà qui va encore le mieux du monde.

VAUDEVILLE.

CHOEUR.

Air : *Honneur à la Musique.*

Fêtons ce mariage ,
Par nos accens joyeux,
L'hymen qui les nous engage
Va combler tous leurs nos vœux.

JEANNETTE , *au Public.*

Air : *L'Amour qu'Edmond a su me taire.*

Par son siècle, en butte à mille outrages ,
Voltaire fut persécuté;
Mais dans l'exil méditant ses ouvrages,
Il rêva l'immortalité.
Aujourd'hui, qu'à son vaste génie
On rend honneur d'une commune voix...
N'allez pas , Messieurs je vous prie,
Le bannir une seconde fois.

Reprise du Chœur.

Fêtons ce mariage,
Etc.

FIN.

www.ingramcontent.com/pod-product-compliance
Ingram Content Group UK Ltd.
Pitfield, Milton Keynes, MK11 3LW, UK
UKHW022220070726
13613UKWH00004B/1778